LES AVENTURIERS
DU SILENCE

ACTES SUD JUNIOR
est dirigé par Madeleine Thoby

Du même auteur

Marguerite et la métaphysique
Un Amour de bisou
ACTES SUD JUNIOR

Je ne suis pas un singe
(prix polar 89)
Les Saisons dangereuses
L'Amour impossible
SYROS

Je n'ai pas peur de l'aspirateur
MAGNARD JEUNESSE

Les Enfants
Fées et Sorciers
Les Loups
CASTERMAN

Du même illustrateur

Va-t-il changer, P'tit Phoque ?
Petite Poupée s'en va-t-en guerre
ACTES SUD JUNIOR

Oncle Giorgio
Le Magasin de la sorcière
BAYARD POCHE

La Fée de juillet
ÉPIGONES

ISBN 2-7427-1706-4

Loi 49-956 du 16 juillet 1949
sur les publications destinées à la jeunesse

Les Petits Polars

VIRGINIE LOU

LES AVENTURIERS DU SILENCE

Illustrations de
YVES BESNIER

ACTES SUD JUNIOR

Pour Lili, en hommage aux vélos,
aux labyrinthes et à Mai 68

1

STAN ME BOUDE

On ne s'était jamais fâchés, Stan et moi. Il était mon ami et j'étais son ami depuis toujours, puisque nous étions nés le même jour dans deux maisons jumelles, juste à côté de l'aéroport.

Et depuis qu'on savait courir, on jouait à l'espace avec les avions. Aussitôt après l'école on sautait sur nos vélos et on fonçait au terrain vague, à côté des pistes. Pendant que les voyageurs là-bas prenaient leurs billets puis patientaient dans les salles d'embarquement, on s'installait gratuitement dans nos vaisseaux spatiaux spéciaux, en carton – mais pas n'importe quel carton ! Pas les caisses ridicules qui servent pour les commissions ! On choisissait les plus propres, les plus solides emballages de

frigos ou de machines à laver. On découpait deux trous pour les bras, deux trous pour les jambes…
Et quand l'avion là-bas commençait à rouler sur la piste on courait en même temps que lui le long des grilles de l'aéroport, dans nos grands vaisseaux, en écartant nos bras comme ses ailes. On galopait à toutes jambes lorsqu'il accélérait. Quand il mettait les gaz le bruit devenait terrible, la terre tremblait. On hurlait à pleins poumons pour couvrir le grondement des moteurs. On filait de plus en plus vite et on décollait…
Bien sûr il s'en allait toujours plus loin et plus haut que nous. Mais quand on le regardait disparaître comme une étoile d'argent noyée dans le ciel bleu, on avait l'impression de voler avec lui.

Dans les maisons, toutes les trois minutes – chaque fois qu'un avion arrivait ou repartait –, les cloisons et les plafonds se mettaient à trembler. On ne s'entendait plus. Il était difficile de discuter avec les parents, au dîner, et le plus souvent on ne disait rien, on mangeait.
À l'école, avec les copains, on n'aurait pas pu se taire. Alors on criait. Les maîtres et les maîtresses s'époumonaient :
– Taisez-vous ! Silence ! Taisez-vous ! Silence !
Ils se plaignaient qu'ils n'en pouvaient plus

de notre chahut. Ils ne supportaient pas qu'on ajoute le moindre bavardage au boucan de l'aéroport. Ils ne s'adressaient à nous que pour nous faire des reproches ou nous donner des punitions.

Au début de l'année, quand notre nouvelle maîtresse est arrivée, on a cru que tout allait changer. Elle était tellement gentille ! Elle, elle ne crierait pas pour un oui pour un non. Elle portait des tresses blondes avec des élastiques rouges et s'appelait Angelica. On se serait mis en quatre pour lui plaire. Stan, surtout. Lui qui d'habitude s'ennuyait en classe avait toujours le doigt levé. Et alors qu'avec les autres maîtres il était nul, avec Angelica il était bon partout : en calcul, en lecture, en orthographe, en histoire et en géographie… Jamais je ne l'avais vu heureux d'aller à l'école, heureux de réciter une leçon sans hésiter, heureux de trouver la solution d'un problème. C'était extraordinaire. Un changement total. J'étais content pour lui. Peut-être, seulement, un peu jaloux.

Ce qu'on aimait par-dessus tout chez Angelica c'était sa voix, douce comme du chocolat au lait, tellement douce que lorsqu'un avion passait, on ne l'entendait plus. Elle mettait sa main en écharpe sur son cou et essayait de couvrir le bruit. Mais elle n'était pas assez forte contre les moteurs.

Aux environs de la Toussaint, l'humeur de notre belle maîtresse a complètement changé. Elle fronçait sans cesse les sourcils, passait sa main sur son front… Elle ne souriait plus. Souvent elle traversait la classe, vérifiait que les fenêtres étaient bien fermées et revenait à son bureau, la tête basse. Un matin, elle nous a demandé une minute de silence. On ne devait ni parler, ni bouger, ni faire grincer nos chaises. Nous, on était bien d'accord pour essayer… Mais il y en avait toujours un pour chuchoter, pouffer, ou racler ses pieds par terre. Stan était furieux. Il lançait des regards assassins à droite et à gauche vers ceux qui faisaient du bruit. À un moment, on a cru qu'on y arrivait. Pendant quelques secondes personne n'a remué. Un avion atterrissait dehors dans un grondement de tonnerre mais ça ne comptait pas puisqu'on n'y pouvait rien. On retenait notre souffle…

Et d'un seul coup, je ne sais pas ce qui m'a pris. J'ai eu l'impression qu'une main invisible m'empoignait la gorge et serrait. J'ai voulu me dégager. J'ai vu mon bras balayer ma table et toutes mes affaires sont tombées par terre dans un fracas assourdissant. Angelica ne m'a fait aucun reproche. Elle a seulement pincé les lèvres. Le lendemain, elle était absente. Elle n'est plus jamais revenue. Et quand on a vu le remplaçant, on a drôlement regretté d'avoir raté la minute de silence ! Lui, il ne criait pas : il aboyait.

La disparition de notre maîtresse nous a fait mal. Quand on nous a annoncé qu'elle était partie pour toujours, Stan avait les yeux brillants de larmes. Puis il s'est retourné vers moi :
– Je ne suis plus ton ami.
Je l'ai regardé s'en aller, traverser la cour, rejoindre les autres. Le goudron était devenu mou sous mes semelles. Je ne pouvais plus bouger.

J'ai continué de jouer à l'espace avec les avions. La puissance des moteurs m'enthousiasmait toujours. Mon cœur battait si fort au décollage ! J'avais l'impression qu'il allait éclater. Je rugissais plus fort que jamais. J'étais fou de rage que Stan m'ait abandonné. Je lui criais des insultes qui se perdaient dans les vrombissements du ciel. J'injuriais le directeur de l'école, Angelica et le nouveau maître. Lorsque j'arrêtais, je tremblais des pieds à la tête. Je ne comprenais plus rien quand maman me parlait. J'étais complètement sourd.
Pour la première fois, je me suis retrouvé seul au terrain vague un vendredi soir. Pour rien au monde, avant notre dispute, Stan n'aurait manqué ce moment magique. Le vendredi, le monde nous appartenait. Les avions arrivaient de tous les pays et repartaient dans toutes les directions, sans arrêt. On n'avait pas assez de forces pour les suivre. On n'avait pas assez de gorge ni

d'air dans les poumons pour hurler plus fort que les moteurs.

Mais ce vendredi-là, Stan n'était pas venu avec moi. Je n'étais même plus en colère, j'avais envie de pleurer. Le ciel était gris. Des corneilles noires se battaient dans les champs. Je me suis forcé à monter dans mon vaisseau mais j'étais fatigué. Sans Stan, j'avais l'impression que rien d'intéressant ne pourrait m'arriver.

Comment aurais-je pu savoir qu'au contraire, l'aventure commençait ?

2

QUELLE DÉCOUVERTE !

Un gros Airbus finissait d'embarquer ses passagers pour Pointe-à-Pitre. Lui crèverait les nuages noirs, monterait bien au-dessus d'eux dans le bleu infini, traverserait l'Atlantique et se poserait là-bas sur l'île de la Guadeloupe, parmi les palmiers voyageurs. Est-ce que ça n'était pas injuste ?

J'ai fait ronfler mes moteurs et quand l'avion a commencé à rouler j'ai pris mon élan. Cette fois, j'y arriverai ! Avec ce gros Airbus, j'allais décoller ! Je me suis mis à courir comme un fou, je ne sentais plus mes jambes dans les cahots du terrain. J'y mettais toute ma force, toute ma rage, toute ma tristesse et tous mes rêves.

Et soudain j'ai senti que je m'envolais ! Je volais, oui ! J'avais bel et bien décollé au-

dessus de l'herbe ! Mais ça n'a pas duré plus d'une seconde. Mes pieds sont passés par-dessus ma tête, ont battu dans le vide, et aussitôt après ma carlingue a explosé.
Accident ! Pompiers ! SAMU ! Mais Stan ne viendrait pas en criant comme d'habitude sur l'air des ambulances : Palalan ! Palalan ! J'avais mal au coude, à la cheville. Des étoiles tourbillonnaient sous mes paupières. Qu'est-ce qui m'était arrivé ? Un caillou m'avait fait déraper ? Non ! La terre m'avait lancé un ONVNI dans le train d'atterrissage ! Les ONVNI (objets non volants non identifiés) sont des engins excessivement dangereux. Les habitants de cette planète ont l'habitude d'en jeter un peu partout. Les ONVNI ordinaires portent une marque de soda ou de bière, de jus de fruits, ou même de cassoulet, de sardines... Le contenu n'a pas d'importance, d'ailleurs ils sont toujours vides.
Les ONVNI sont comme les trolls, méchants et malins. Et celui-là venait de me ratatiner mon plus beau vaisseau ! Dire que j'avais passé mon mercredi après-midi à peindre la carlingue en rouge, avec une gueule de dragon à l'avant, et Japan Air Line en lettres bleues sur les flancs ! Un désastre.
Décidément, tout allait mal ! Angelica, Stan, et maintenant les ONVNI ! Je me suis mis à chercher l'engin meurtrier parmi les herbes folles. J'allais le piler, celui-là, l'écrabouiller, en faire une crêpe !

Mais j'avais beau arpenter le terrain de long en large… pas d'ONVNI.
Soudain, à quelques mètres de l'accident, j'ai aperçu une dalle en béton. Et, dressée au milieu de cette dalle ronde, une sorte d'anse en fer. Je m'en suis approché en clopinant. J'ai tiré sur l'anse et, lentement… la dalle s'est déplacée. Dessous, il n'y avait rien, que du noir un peu frais.
– Ça alors ! La terre est creuse ?
Je parlais tout seul, maintenant que Stan n'était plus là pour me répondre. J'ai tiré encore et ouvert en grand. Ainsi, il existait une autre planète, en dessous ? Peut-être même y en avait-il plusieurs, emboîtées les unes dans les autres comme des cubes ? Il fallait en avoir le cœur net !
Un gros tuyau s'enfonçait verticalement dans la terre, mais les habitants de la planète inconnue étaient bien organisés : dans le béton étaient cimentés des barreaux, placés l'un au-dessous de l'autre pour former une échelle.
Je me suis enfoncé lentement dans le vide épais comme un nuage d'encre. Chaque fois que ma semelle quittait un barreau pour se poser sur celui du dessous, une sorte de plainte métallique, un bizarre "hin-hin" rouillé retentissait. Je descendais, je descendais. L'échelle n'en finissait pas.
Au-dessus de ma tête, l'ouverture n'était plus qu'une rondelle minuscule de ciel gris pâle ; au-dessous de moi, il y avait encore

des kilomètres de noir. Je ne voyais pas le fond du puits, ni même les murs autour de moi. Je n'entendais plus les avions mais une petite goutte qui tombait régulièrement dans une flaque : plic, plic, plic, plic…

Entre deux "plic", il n'y avait rien : pas un ronflement, pas un chuchotement, pas un froissement, même pas une rumeur lointaine. L'air était absolument vide de sons. La main invisible qui m'avait serré la gorge pendant la minute de silence pour Angelica est revenue brusquement se plaquer sur mon cou. J'ai hurlé :

– Non !

Ma voix a résonné le long du tuyau, a rebondi, ricoché, enflé… La trouille m'a redonné soudain des forces dans les jambes. J'ai remonté l'échelle à toute vitesse. Le bruit de mes semelles sur les barreaux me poursuivait. J'avais l'impression d'avoir, lancée à mes trousses, une locomotive à vapeur.

Quand je suis sorti, l'air m'a paru tiède. La tête me tournait comme si j'avais fait un très long voyage. Mes jambes tremblaient et je croyais sentir le sol tanguer sous mes pieds. J'ai replacé la dalle et réenfourché mon vélo.

Devant chez Stan, j'ai hésité. Allait-il me croire ? Ce n'était pas sûr. Il penserait que je lui racontais un bobard pour l'obliger à se réconcilier avec moi. Mieux valait ne rien dire… tout en disant un peu, quand même. Car je connaissais Stan : il était curieux comme un chat. Il ne résisterait pas. J'ai sonné.

– Salut, Stan. Est-ce que ton père pourrait me prêter sa torche ? Tu sais, la grosse étanche…

– Pour quoi faire ? a demandé Stan sur un ton parfaitement désagréable.

– Pour explorer.

– Explorer quoi ?

– Je ne suis pas sûr mais… j'ai découvert une autre planète.

– Une autre planète ? Tu déraillles complètement mon pauvre Hugo. Faut te faire soigner la tête !

Je ne me suis pas mis en colère.

– Prête-moi quand même la torche. Il faut que je vérifie.

– Non ! a répondu Stan, catégorique.

– Bon. Eh bien, j'en trouverai une autre, alors…

J'ai repris mon vélo à la main et traversé son jardin. Au moment où j'ouvrais le portail, il m'a rappelé :

– Hugo ! Attends !

J'ai fait comme si je n'avais pas entendu. J'ai refermé le portail, je suis remonté sur mon vélo et j'ai commencé à pédaler. Pas trop vite, et même assez lentement pour l'entendre crier, debout au milieu de la route :

– Rendez-vous ici demain matin ! Je t'ac…

Un avion atterrissait. Je n'ai pas entendu la suite mais je l'avais devinée, et je n'ai pas pu m'empêcher de sourire pour moi tout seul, dans le noir.

3

LE PASSAGE SECRET

Le lendemain, j'ai retrouvé Stan chez lui, aussitôt après le petit déjeuner. Ses parents dormaient encore. Nous nous sommes enfermés dans la cuisine et je lui ai tout raconté. Il avait du mal à me croire.

– Comment c'est possible, une planète vide ? Il doit bien y avoir quelque chose ?

– Non. Absolument rien. Même l'air est vide.

– Comment ? On ne peut pas respirer alors !

– Si, c'est toujours de l'air, mais on n'entend rien de rien.

– Ça doit être formidable ! Angelica…

Il a baissé la tête sans terminer sa phrase. Il m'en voulait toujours.

– Je ne sais pas. Moi j'ai…

J'avais failli lui avouer que j'avais peur du silence. Ce n'était pas le moment, si je voulais qu'il m'accompagne ! Pendant un moment on n'a plus su quoi se dire. Stan regardait par la fenêtre, puis il s'est gratté la gorge.

– Bon. On va faire la liste de ce qu'on doit emporter.

– Ton père t'a prêté sa torche ? Moi, j'ai une grosse pile électrique, deux bananes et des barres de céréales.

– Si on prenait une corde ? Il y en a une, dans le garage.

– C'est lourd, une corde ! On va être trop chargés.

– Oui, mais on peut s'attacher ensemble et on ne risque pas de se perdre. D'ailleurs, après l'échelle, il n'y a peut-être plus rien ? Comment pourrait-on continuer à descendre, sans corde ?

J'ai répondu très vite : "Oui, oui ! Tu as raison !" Mais à l'idée de me balancer dans le vide au bout d'une ficelle, même grosse, je sentais mon estomac faire des nœuds. Stan avait dû avoir la même idée, il fronçait les sourcils. Il s'est mis à rassembler les affaires et à s'agiter pour trouver un sac à dos.

– Qu'est-ce que je vais raconter aux parents ? On sera jamais revenus pour déjeuner.

– Moi, j'ai dit que j'étais invité chez Lili. Elle habite de l'autre côté des pistes, alors sa mère ne risque pas de rencontrer la mienne.

J'ai vu Stan écrire sur l'ardoise pour les commissions accrochée au mur de la cuisine : "Je sui avec Hugo ché Lili. A se soire. Stan."
Il recommençait à faire des fautes énormes, comme avant qu'Angelica lui donne envie d'appliquer l'orthographe. Avec elle, il avait dix à toutes les dictées. Pourtant, elle n'était pas commode : elle comptait même les fautes d'accent. Mais c'était comme s'il avait perdu la mémoire depuis qu'elle avait disparu ; ou alors qu'il se moquait de tout.
Nous avons pris nos vélos et nous sommes partis. Il faisait beau, le soleil mettait de bonne humeur, et pendant le trajet nous avons oublié notre peur d'aller explorer tout seuls une planète pleine de vide et d'obscurité.
– Tu parles d'une planète ! s'est écrié Stan en voyant la dalle. Tu as simplement trouvé une bouche d'égout ! Bravo capitaine Hugo !
J'ai fait comme si je n'avais pas entendu qu'il se payait ma tête.
– Non. Si c'étaient les égouts, on entendrait.
– Quoi ?
– L'eau.
Stan a fait la moue. J'étais assez content de lui avoir cloué le bec. Nous avons tiré ensemble sur l'anse métallique et entrouvert la dalle, juste assez pour nous glisser dans le trou.

– Je passe devant. Je connais déjà.

Quand nous avons été tous les deux accrochés à l'échelle, Stan a fait glisser la dalle au-dessus de l'ouverture. Elle est retombée lourdement à sa place. Un grondement a rebondi dans le noir, boooom, bommm, bomm. On ne voyait plus rien. J'ai crié :

– Mais tu es fou ! Pourquoi tu nous enfermes ?

– Tu préfères qu'on nous surprenne ?

Nos voix ont résonné dans le tuyau, grondant et se mélangeant l'une à l'autre. J'en ai eu le souffle coupé.

Stan a allumé sa torche et promené le faisceau lumineux autour de nous : il n'y avait que des murs de béton parfaitement lisses. Nous étions dans un puits. Un puits sans fond : au-dessous de nous, la lumière de la torche n'était arrêtée par rien. Elle se dissipait peu à peu dans le noir. Tous les bruits s'étaient éteints sauf la petite goutte qui tombait dans la flaque, comme la veille, plic, plic, plic…

Nous avons commencé à descendre, lentement. Ensemble, nos semelles geignaient, "hin, hin, hin, hin", sur les barreaux métalliques. C'était un bruit vraiment bizarre, une sorte d'avertissement, comme si la planète se plaignait d'être envahie. Stan portait le sac à dos, moi la corde en bandoulière. Elle était tellement lourde qu'elle m'entraînait vers l'arrière, et je devais me cramponner à l'échelle pour ne pas basculer dans le vide. Mes bras et mes jambes tremblaient. J'avais un besoin terrible de jacasser. Quand je parlais, la main qui serrait ma gorge se relâchait un peu.

– Ma parole, elle ne finit jamais cette échelle ? On va se retrouver en Australie !

– Aiiiiii… aiiiiii… a répondu l'écho.

Je me suis arrêté, Stan aussi. J'avais l'impression d'avoir entendu quelqu'un crier comme si on l'avait frappé. Puis tout s'est arrêté. Nous avons repris la descente.

– Pourquoi en Australie ? a bougonné Stan.

– C'est les antipodes, tiens !

Ma voix a rebondi contre la muraille. J'avais crié sans le vouloir et on a dû encore stopper, paralysés par l'écho. Mais je n'ai pas pu m'empêcher de recommencer.

– Tu sais même pas ce que c'est, les antipodes ?

– Tais-toi, Hugo ! J'ai la trouille.

J'étais content de ne pas être le seul. Stan, lui, voulait toujours avoir le dernier mot. Il a chuchoté :

– Les antipodes c'est pas en Australie, mais en Nouvelle-Zélande.

Il m'énervait, avec son air de premier de la classe, alors que depuis le départ d'Angelica il était redevenu vingt-troisième sur vingt-quatre. J'ai essayé de répondre sur le même ton, à mi-voix. Mais malgré moi j'ai encore crié :

– C'est pareil !

– Eil… eil… eil…

La sueur s'est mise à rouler dans mes yeux. Je n'y voyais plus rien. Comment était-il possible que cette échelle ne finisse pas ? Je me sentais déjà épuisé.

– Attends un peu, je me repose.

– Moi aussi, a répondu Stan d'une voix étouffée.

Pendant que nous étions arrêtés il a de nouveau promené le faisceau de sa torche autour de nous. Rien n'avait changé : muraille lisse et arrondie, sans ouverture, sans aspérité. Lorsqu'il éclairait vers le haut, on ne voyait plus la dalle. En bas…

– Je vois !

– Woua… woua… woua… woua… a mugi l'écho.

– Qu'est-ce que tu vois ?

– Le fond.

– Il y a de l'eau ?

– Non. C'est sec.

Nous sommes repartis, un peu rassurés. Enfin, j'ai senti le sol sous ma semelle. Avec sa torche, Stan a fait le tour de la nouvelle planète. Nous avions débouché dans une cavité en forme d'immense tonneau, creusée dans la roche claire, grande comme une salle de classe mais bien plus haute de plafond. Comment imaginer, quand on se promène sur terre, qu'il existe au-dessous tant d'espace ?

– Regarde ! Un passage !

J'avais hurlé. Ma voix a explosé, galopé le

long des boyaux, s'est fracassée sur des murs, est remontée dans des puits, et elle nous est revenue de tous les côtés à la fois, déformée et grinçante, comme si nous étions cernés par une armée de diables.
Je me suis mordu les joues. On osait à peine respirer. Stan, furieux, a murmuré :
– Tu ne sais pas parler doucement, Hugo ? Alors, tu te tais !
Un tunnel, assez haut pour qu'on s'y tienne debout, s'enfonçait dans la muraille. Nous l'avons suivi jusqu'à une nouvelle salle, ronde et haute, d'où partaient trois autres boyaux : l'un face à nous ; les autres à droite et à gauche du premier. Les murailles lisses et claires portaient sur leurs flancs de longues traînées horizontales couleur de rouille, comme si une rivière y avait coulé et laissé, en se retirant, sa marque. La nouvelle planète devait être immense, ses ramifications nombreuses.
On s'y sentait minuscule, perdu au milieu d'un labyrinthe qui s'étendait dans toutes les directions.
Nous avons pris le tunnel de gauche, au hasard. Hormis les pas de Stan et les miens, les battements de mon cœur, je n'entendais rien, absolument rien pendant de longues minutes qui s'étiraient… Et je me sentais mal.
Le boucan des avions me manquait. Sans lui, le plus petit craquement devenait tellement impressionnant ! Ce silence compact

m'étouffait. L'obscurité s'agitait. Je croyais voir passer des fantômes. Et la main sur ma gorge serrait si fort !

J'ai tiré Stan par la manche pour lui dire, aussi doucement que je l'ai pu :

– Ma parole, elle est vide, cette planète !

– Anète... nète... nète... a répondu l'écho.

Je me suis assis, dégoûté.

– C'est quand même pas difficile de parler à voix basse ! s'est emporté Stan.

– Moi, je n'y arrive pas.

J'ai sorti de mon sac les bananes et les barres de céréales. Nous les avons partagées. Stan se taisait. Il m'en voulait toujours : de crier, de lui faire peur avec l'écho, d'avoir chassé Angelica. Trois bonnes raisons en une : je ne savais pas me contrôler. Il me trouvait aussi idiot dans le souterrain que pendant la minute de silence, quand mon bras avait balayé mes affaires. Il imaginait sans doute que je le faisais exprès. Il ne me comprenait pas. On n'était plus amis comme avant. Peut-être que rien ne serait plus jamais comme avant, entre nous ? C'était une idée pénible, qui creusait un vide à l'estomac.

Je me suis rapproché pour lui glisser à l'oreille :

– Il est malpoli cet écho !

– Et pourquoi ? m'a demandé Stan d'un air ahuri.

J'ai répondu encore plus doucement :

– Écoute.

Puis j'ai lancé dans le tunnel :
– Véhicule !
Je ne suis pas malpoli, moi. Je ne vous répéterai pas ce que m'a répondu l'écho.
J'étais si heureux d'entendre Stan rire à côté de moi, grâce à moi ! Et si fier d'avoir réussi à chuchoter ! Mais nous n'avons pas continué parce que nos gloussements caracolaient le long des tunnels et nous revenaient aux oreilles tellement changés ! On aurait dit que quelqu'un, caché dans le repli d'un boyau, nous observait. Un ogre énorme, et qui se moquait de nous.
Alors nous avons mangé sans rien dire, comme à la maison. Sauf que sur la planète intérieure, dans son silence, on s'entendait manger ! On entendait les dents écraser la nourriture et le bruit mouillé de la langue dans la bouche. C'était dégoûtant ! Et tellement incroyable ! Ainsi, le corps continuait à faire des bruits même quand on se taisait ?
Pour moi, jusqu'à ce moment-là, silence n'était qu'un mot, celui que criaient les maîtres et les maîtresses :
– Silence !
Dans le souterrain, j'ai senti le silence. Le vrai silence, sans un grattement de pied, sans un froissement de cahier, sans un bruit d'avion, c'est plus que quelque chose, c'est presque quelqu'un. Le silence passe comme un vent immobile. On en respire l'odeur et il pèse sur les paupières, sur les

joues et les mains. Il se pose sur les lèvres et nous oblige à nous taire bien plus efficacement que les punitions.

Stan marchait sur la pointe comme s'il avait eu peur de le casser, comme si le silence était un vase de cristal, ou une bulle de savon. Il était passé devant avec la lampe torche. Mais cette fois-là, c'est lui qui n'a pas pu se contrôler :

– Une porte !

– Ooooooooottttt ! a claironné l'écho.

Il l'a éclairée. C'était une porte de bois peint en bleu ciel, exactement comme celles de nos maisons. Stan a tourné la poignée de cuivre, poussé…

– Un lit !

– Je rêve !

Pourtant, nous avions bel et bien sous les yeux un vrai lit : avec un sommier, un matelas, des draps et une couverture, tout ça bien rangé, bien propre, comme dans une chambre de notre planète à nous, la Terre. Les murs avaient été peints au blanc de chaux, des tableaux y étaient accrochés. Ils représentaient tous des arbres, et ce n'était pas difficile d'imaginer pourquoi : il n'en poussait sûrement pas beaucoup, sur la planète intérieure, et son habitant dessinait ce qui lui manquait dans la vie.

Stan furetait partout dans la pièce et s'exclamait "Regarde ! Regarde !" en me montrant du doigt : sur la table de chevet une très vieille lampe à pétrole en verre bleu, avec un long col transparent ; dans la penderie entrouverte, quantité de vêtements suspendus à des cintres ; un mannequin de couture portant une longue robe étrange, faite de morceaux d'étoffes diverses assemblés et tressés ; sur une chaise, des magazines ; une machine à coudre ancienne, avec une pédale... Et en face de nous, un rideau qui bougeait doucement, comme agité par une main.

4

DERRIÈRE LA PORTE

Mon cœur battait tellement fort que je me demandais si Stan ne l'entendait pas, lui aussi. On n'imagine pas le bruit que peut faire la peur, à l'intérieur. Le sang galope dans tous les sens et se fracasse contre les tympans.

– Y a quelqu'un ?...

Pas de réponse.

Je me suis avancé vers le rideau à pas de loup et je l'ai ouvert : personne, un trou.

J'ai entendu l'air sortir de ma bouche comme si je me dégonflais. Derrière le rideau, il y avait une autre salle ronde, plus petite et très haute, avec dans le plafond une ouverture grosse comme le poing par où arrivait de l'air frais. Une gazinière !... Une table, une chaise et un buffet...

C'est à ce moment-là que des pas, au loin, dans le labyrinthe de la planète intérieure, ont commencé à résonner. Stan m'a jeté un regard affolé. On a tourné sur place, éclairé les murs pour chercher une cachette, une issue, n'importe quoi…

Mais le souterrain s'arrêtait là. Pas de trou, pas de placard assez grand pour nous loger, rien !

Alors se sont élevés des claquements bizarres, clac-clac-clac-clac… Je me suis retourné vers Stan… Ses dents… Il claquait des dents. Ma peur a enflé d'un seul coup. Mon ventre a fait un gargouillis formidable. J'ai ouvert la bouche comme un poisson à sec. Puis je me suis adossé au mur. Je ne tenais plus debout.

Les pas se rapprochaient. Nous avons éteint nos lampes. Nous nous sommes collés contre la paroi en essayant de nous faire le plus mince possible. Ah ! Si seulement une sorcière de passage avait pu nous changer en affiche, en timbre, en n'importe quoi d'ultra-plat !

L'inconnu en marchant raclait les parois. Qu'est-ce qu'il traînait ? Des chaînes ? Une lame ? Un couteau ? Dans le noir dansaient des ombres de cauchemar. Impossible de les chasser. Tous les monstres des films que j'avais vus à la télé, les assassins et les kidnappeurs, s'étaient donné rendez-vous. Je me mordais les lèvres pour ne pas hurler. Et mon cœur battait le tam-tam.

Un grattement de gorge a troué la nuit, tout près de nous…

La lumière d'une torche a traversé le rideau. Une main l'a soulevé, le faisceau aveuglant avançait droit sur nous et nous avons fermé les yeux.

– Ah ! Ce n'est que ça ! a fait une voix. Je me demandais qui avait pu entrer chez moi.

Le faisceau de lumière s'est éloigné et nous avons vu…

Une dame.

Une dame tout à fait normale, habillée normalement d'un imperméable et d'un foulard, se tenait devant nous. Elle portait normalement un sac en plastique avec ses commissions dedans.

On a éclaté de rire. La dame aussi riait, mais sans bruit. L'écho, lui, s'en donnait à cœur joie.

– Vous tombez bien, a dit la dame, c'est presque l'heure du goûter.

Du goûter ? Elle avait dû se tromper. J'ai regardé ma montre : quatre heures et demie ! On était dans le souterrain depuis six heures !

– Le temps ne passe pas de la même façon ici et là-haut, nous a-t-elle expliqué en déposant sur sa table un pot de confiture, du pain, du beurre.

– Alors c'est vraiment une autre planète, s'il n'y a pas le même temps !

– Une autre planète ?

Elle m'a jeté un coup d'œil inquiet comme si j'étais un peu fou. Puis elle a hoché la tête et ajouté :

– Tu as sans doute raison. Il n'y a pas de jour ici, pas de soleil, pas de crépuscule. Alors, rien ne presse…

Une odeur de chocolat chaud montait dans la pièce.

– Où est-ce qu'on s'assoit, s'il vous plaît, madame ? a demandé Stan d'une voix hésitante. Il n'y a qu'une chaise.

– Ah… C'est que je n'ai pas l'habitude d'avoir des invités. Va chercher l'autre chaise dans ma chambre pour ton ami.

J'étais soulagé qu'on discute après tout ce silence.

– Je m'appelle Hugo, et lui c'est Stan. Pourquoi habitez-vous là ?

– C'est toute une histoire, a-t-elle répondu sans répondre.

Je lui aurais bien posé d'autres questions, mais je sentais qu'elle n'aimait pas bavarder. Elle nous a servi le chocolat, nous a beurré des tartines. Elle restait debout à côté de nous et nous regardait manger. En avalant, on faisait des bruits vraiment dégoûtants. D'habitude sur la terre, grâce aux avions, on n'entend rien…

J'ai reposé mon bol. Il a claqué sur la table. Je me suis concentré pour faire des gestes lents, silencieux. Et j'ai repris une toute petite gorgée de chocolat. Même celle-là, elle a gargouillé en descendant tout le long de mon œsophage jusqu'à mon estomac ! La dame, elle, n'avait pas l'air gênée. Elle nous contemplait. Elle écoutait nos mâchouillis avec un sourire heureux comme si ces petits bruits de rien du tout avaient, sur sa planète réservée, une importance énorme.

Puis à mi-voix, elle a commencé à nous parler d'elle.

– Moi je m'appelle Monique. Avant, je travaillais dans une usine de tissage. Les ouvriers deviennent sourds à cause du bruit des machines. Quand j'ai été trop vieille pour continuer, je me suis souvenue de ces souterrains. Les Américains s'en servaient pendant la guerre pour y entreposer des munitions, je crois. On racontait aussi qu'ils y avaient installé des ateliers de réparation clandestins, pour leurs appareils. Je n'ai jamais su si c'était vrai. Quand j'ai arrêté mon travail, je ne voulais plus habiter au-dessus, à cause des avions. Alors je me suis installée là.

Elle s'est arrêtée. Nous avons écouté le silence avec elle. J'ai pensé à Angelica, lorsqu'elle forçait sa voix pour couvrir les vrombissements des moteurs, à ses sourcils froncés comme si elle avait mal quand un avion décollait.

J'ai demandé à Stan :

– Tu crois qu'elle est partie à cause de moi, Angelica, ou à cause de l'aéroport ?

– Elle est partie à cause du bruit.

– Si je n'avais pas fait tomber mes affaires, elle serait restée ?

– Pas sûr, a marmonné Stan.

Je l'ai regardé dans les yeux. Depuis qu'on s'était fâchés, son regard avait toujours fui le mien. Il me souriait. Peut-être m'avait-il pardonné ?

– Angelica l'institutrice ? a demandé Monique.

– Vous la connaissez ?

– J'en ai entendu parler... Maintenant, il faut que vous partiez, mes amis. Vos parents vont s'inquiéter.

– Est-ce qu'on pourra revenir demain, madame Monique ?

– Par où êtes-vous arrivés jusqu'ici ?

– Par une dalle, dans le terrain à côté des pistes.

– Ah ! Et vous étiez nombreux ? Vos copains vous ont vus descendre ?

– Non. On n'était que tous les deux.

Monique avait soudain l'air ennuyé. Je n'étais plus très sûr que notre visite lui ait fait plaisir. Ou plutôt, elle paraissait à la fois contente et mécontente.

– Quand on reviendra, on apportera une autre chaise pour que vous puissiez vous asseoir avec nous.

– Tu es bien gentil, mon petit Hugo. Mais je suis une vieille dame solitaire. J'ai horreur du bruit. Je ne crois pas que ma compagnie soit bien agréable pour vous...

Stan, lui, n'avait pas remarqué la gêne de

Monique. Il poursuivait son idée fixe.
– Vous connaissez Angelica ? Mais comment ?
– Ah ! C'est toute une histoire ! a-t-elle répondu en lui ébouriffant les cheveux.
Vous me croirez si vous voulez : j'ai entendu le froissement des cheveux de Stan sous la main de Monique ! J'avais l'impression d'avoir été à peu près sourd depuis ma naissance et de découvrir brusquement les sons.
Monique nous a raccompagnés jusqu'à la sortie. Elle voulait comprendre exactement par où nous étions passés et si nous avions été un peu plus attentifs, nous aurions pu en tirer une conclusion évidente : il existait au moins un autre passage, celui qu'elle empruntait. Mais sur le coup, nous n'y avons pas songé. Nous ne pensions qu'à une chose : lui arracher la permission de revenir le lendemain. Enfin elle a accepté et nous lui avons dit au revoir avant de remonter l'échelle vers la dalle.
Dehors, c'était terrible : un avion décollait. Nous avons mis nos mains sur nos oreilles en fronçant les sourcils, et toute la soirée jusqu'au lendemain le bruit nous a paru énorme, monstrueux. Maman criait parce qu'elle avait rencontré la mère de Lili et qu'elle savait que je n'étais pas chez elle ; papa criait parce que j'avais menti et que je ne voulais pas dire où j'avais passé la journée ; la télé hurlait avec la radio, le téléphone, les avions décollaient...

J'avais l'impression d'avoir les tympans rouges et enflés. Les froissements légers, les craquements, les chuintements, les clapotis que j'avais découverts sur la planète intérieure étaient écrasés par ce boucan épouvantable. Et à l'intérieur de moi, je n'entendais plus rien, ni ma salive, ni mon cœur. J'étais traversé par le bruit comme une maison sans fenêtre est traversée par le vent.

5

LA PLANÈTE INTÉRIEURE

Lorsque nous sommes revenus le lendemain dans la planète intérieure, nous avons descendu une chaise que papa avait mise au garage. Monique nous attendait en brodant un carré de tissu. Elle ne parlait presque pas. Nous ne savions presque rien d'elle. Stan lui posait pourtant question sur question.

– Et Angelica, vous l'avez connue comment ?

Il en revenait toujours là mais Monique répondait à son habitude : sans répondre.

– Il y a longtemps. C'est la fille d'une amie de jeunesse. Je sais seulement qu'elle est devenue institutrice.

– Où ? insistait Stan. Où est-ce qu'elle fait classe ? Dans quelle école ?

– Je ne sais pas, marmonnait Monique.

Puis elle détournait la conversation. Elle nous racontait un souvenir de l'atelier de tissage puis se taisait très vite et tous les trois, nous fermions les yeux.

Avec elle, nous apprenions à écouter. Stan se grattait la gorge, machinalement. Je ne m'en étais jamais aperçu. Mais sur la planète intérieure j'aurais reconnu Stan les yeux bandés. À vrai dire, ce jour-là plus que jamais sans doute, Stan se grattait la gorge. Il ne tenait pas en place. Il sentait que Monique ne lui disait pas la vérité au sujet d'Angelica, et il ne savait quoi faire pour qu'elle avoue.

Moi aussi j'avais un tic, encore plus laid – c'est Monique qui me l'a fait remarquer : je reniflais. Je reniflais toutes les dix secondes, pour rien, sans y penser, même si je n'étais pas enrhumé. Et moi aussi, ce jour-là plus que jamais, sans doute : l'énervement de Stan m'avait gagné. Il y avait un rapport entre Monique, Angelica et la planète intérieure. Mais lequel ?

– Ce que j'aime dans le silence, c'est entendre ma voix de l'intérieur, nous a dit Monique en désignant son front du doigt.

– Ma voix, elle est pareille dedans et dehors, a rétorqué Stan.

– C'est que tu écoutes mal, mon petit. D'ailleurs tu ne peux rien entendre puisque tu te grattes la gorge toutes les dix secondes.

Quand Monique s'est retournée, Stan m'a fait signe de l'index vissé à la tempe qu'elle était un peu toc-toc. Et à vrai dire, j'étais d'accord avec lui. Quel murmure aurait pu être recouvert par un simple grattement de gorge ?

Elle s'était penchée à nouveau sur son ouvrage et ne parlait plus. Lorsqu'elle relevait la tête, elle regardait droit devant elle, comme si elle réfléchissait intensément.

C'est à ce moment-là que j'ai entendu des voix. Je ne pouvais pas me tromper. Il n'y avait strictement aucun bruit : impossible de confondre celui-là avec un autre ! Des gens parlaient au loin, dans la planète. Monique n'avait pas bougé. Ni un geste, ni un battement de paupières. J'aurais été incapable de dire si elle les avait remarquées, elle aussi.

Stan, lui, fronçait les sourcils en se grattant encore la gorge. Il n'avait sûrement pas pu saisir ce chuchotement lointain.

– Arrête, Stan. Tu m'empêches d'écouter.

Il s'est tourné vers moi les yeux écarquillés, prêt à répliquer. Mais il était tellement surpris, je crois, qu'il est resté bouche ouverte et s'est contenté de refaire pour moi le geste du doigt à la tempe.

– Mais non, a dit Monique, il n'est pas fou.

– Alors il y a quelqu'un d'autre, ici ?

Elle ne m'a pas répondu. Elle souriait doucement sans me regarder et je sentais que je ne pourrais pas lui arracher une confidence, de même que Stan n'avait pas réussi à la faire parler d'Angelica.

– Quelqu'un ? a répété Stan qui ne comprenait plus rien.

J'ai fermé les yeux : même dans le plein silence, la lumière gêne pour entendre. Mais les voix avaient disparu. J'ai attendu longtemps, puis je me suis mis à penser aux avions. Ce n'était pas leur bruit qui me manquait mais le bonheur de les voir s'envoler ; ou plutôt l'espace qu'ils traversaient tandis que je restais, moi, les deux pieds dans la boue du terrain vague. Je n'avais jamais pris l'avion. Je n'étais jamais allé plus loin qu'à l'aéroport. Comment c'était le monde, en vrai ? Les îles, l'Inde, la Chine ? Je n'y avais jamais réfléchi.

– Tu rêves ? m'a demandé Stan.

J'ai reniflé – je n'avais pas envie de répondre – et ils se sont mis à rire, lui et Monique.

– Il est l'heure de rentrer, maintenant, les enfants.

– On a encore le temps !

– Peut-être, mais je voudrais être un peu seule.

– Tu l'es toute la journée ! Tu ne t'ennuies pas ? Qu'est-ce que tu fais ?

– Je me souviens. Et je couds.

– Tu te souviens de quoi ?

– C'est un secret. Si tu continues à me poser des questions, je vais me mettre à renifler, moi aussi.

Puis elle nous a embrassés gentiment et nous a raccompagnés jusqu'à sa porte.
– Vous connaissez le chemin. À demain !
Nous sommes partis l'un derrière l'autre dans le souterrain jusqu'à la salle ronde que nous avions trouvée la première fois, sur laquelle donnaient trois tunnels. Là, j'ai attrapé Stan par la manche.
– Il y a quelqu'un d'autre dans la planète.
– Comment tu le sais ?
– J'ai entendu des voix.
– C'est pour ça que tu as demandé à Monique…
J'ai fait oui de la tête, un doigt sur les lèvres. Nous sommes restés un long moment debout, à écouter. S'il y avait d'autres habitants, ils allaient sûrement faire du bruit. Mais on avait beau fermer les yeux, retenir notre respiration, on n'entendait rien.
– Il faudrait aller voir, a murmuré Stan.
– On va prendre le tunnel de droite. Il doit bien déboucher quelque part.
Jamais nous n'avions marché aussi discrètement. Si Monique n'avait rien voulu me dire, c'est que je ne devais pas savoir. J'avais l'impression de trahir sa confiance, de forcer son secret mais la curiosité était la plus forte. Ce tunnel était plus long que celui qui menait chez elle. Ou c'était seulement une idée : nous avancions tellement lentement…
Mais après un coude à angle droit, une porte nous a arrêtés. Elle ressemblait beau-

coup à celle de Monique, sauf qu'elle était peinte en jaune. Stan m'a regardé en haussant un sourcil. Il voulait dire : "J'ouvre ou pas ?"

Du doigt je lui ai fait : "Non !" Mais c'était de toute façon trop tard : elle s'est ouverte brusquement sur un type énorme, avec des sourcils comme des balais et des yeux minuscules qui nous ont transpercés, l'un après l'autre.

Personne n'a soufflé mot. Le type n'a même pas eu une exclamation de surprise. Nous avons détalé comme des lapins. Un fracas soudain de verre a explosé : Stan avait laissé échapper sa torche. On ne voyait plus rien. On courait les mains en avant. La pointe de mon pied a accroché quelque chose et nous sommes tombés l'un sur l'autre, en nous mordant les lèvres pour ne pas hurler de douleur.

Le sang, contre les tympans, faisait un bruit de torrent déchaîné. On était sûrs que le gros type allait nous foncer dessus d'une seconde à l'autre, et on fermait même les yeux, convaincus qu'il allait nous aveugler avec une lampe. Je m'étais râpé les mains et le coude. Dans sa chute, Stan m'avait balancé un coup de pied dans le dos. Je sentais encore le bout de sa basket comme s'il m'avait incrusté un morceau de caoutchouc dans la peau.

Je crois que nous sommes restés pendant très longtemps aplatis l'un sur l'autre.

Nous cherchions à percevoir des pas, des bruits de semelles frottant rapidement la pierre du sol. Mais rien ne venait. Simplement, alors qu'on était affalés depuis pas mal de temps et que les battements de cœur s'atténuaient, on a entendu se refermer une porte. Elle grinçait un peu sur ses gonds.

Nous nous sommes relevés et nous avons repris notre course, courbés par la douleur et la peur, jusqu'à la salle ronde. Il fallait retrouver le tunnel qui menait au puits et à l'échelle. Il y en avait trois, en dehors de celui dont nous sortions. Lequel prendre ? Les mains sur le mur courbe, nous avons progressé lentement. Brusquement il n'y a plus rien eu sous nos paumes. Un trou. Est-ce que c'était le bon tunnel ? Comment savoir ? La tête me tournait. J'étais étourdi, sans repères, incapable de me représenter comment les souterrains étaient disposés autour de la salle.

Nous avons pris le premier au hasard, affolés, pressés de retrouver l'échelle et le dehors. Mais sans le savoir nous nous enfoncions au contraire dans l'obscurité de la planète intérieure. Parfois je touchais la main de Stan. Elle était glacée. Il ne disait rien et moi non plus. On n'avait pas envie de crier ni de faire du bruit : la peur nous avait envahis. Elle galopait dans nos artères et nous coupait la respiration. Puis, peu à peu quelque chose est arrivé. Ce n'était ni du bruit ni de la lumière, seulement du mouvement. L'air remuait.

Après un nouveau coude du tunnel, nous avons vu un peu de clarté. Pourtant il faisait nuit. C'était un morceau de ciel obscur découpé dans une sorte de porche ouvert. Une odeur de pluie nous parvenait. Après le silence de la planète intérieure, les gouttes sur les arbres et la terre ressemblaient à une musique très douce. La pierre, plus rugueuse que dans le boyau, griffait les doigts. Il faisait de plus en plus froid. Au bout d'un moment il n'y avait plus rien pour se tenir. Nous étions au bord du vide.

6

L'APPEL DU SILENCE

– C'est aujourd'hui qu'on aurait dû prendre la corde, a bougonné Stan.

Nous étions assis depuis longtemps au seuil de la grotte, le dos contre le rocher humide. Petit à petit nous avions reconnu le bruit de l'eau, en contrebas. C'était la Riousse. Mon père nous y emmenait souvent à la pêche, le dimanche. La planète intérieure donnait sur terre par une vaste ouverture dans la falaise à hauteur de la cime des arbres. Il ne fallait pas songer à descendre en s'accrochant aux aspérités : la roche était parfaitement lisse, usée par la rivière depuis des millénaires. D'ailleurs, même en admettant qu'on puisse atteindre le sol, comment rentrer chez nous ? On était toujours venus en voiture, avec papa.

Comment retrouver le chemin ? Sans parler de faire des kilomètres de marche à pied !
– On va se prendre un de ces savons !
– Une lessive, oui. Ils vont nous balancer direct dans la machine à laver, si tu veux mon avis.
– À quoi ça pouvait bien servir, cette ouverture ?
– Peut-être une rampe de lancement pour les avions ? Monique a dit qu'il y avait des ateliers de réparation, avant, dans la planète. Il fallait bien un passage pour les appareils.
– N'empêche, nous, on ne peut pas sortir par là. Il va falloir revenir par les souterrains.
– Tu es fou ? On va encore se tromper. Il y en a partout, des tunnels, et on n'en connaît qu'un, celui qui va chez Monique ! Et surtout, j'ai pas envie de retomber sur le monstre.
– Le type avec les sourcils en balayette ? C'est vrai qu'il est affreux. J'ai cru qu'il allait nous avaler tout crus.
– Comment est-ce qu'on peut être aussi laid ?
– C'est pas de sa faute. Peut-être qu'il est malheureux de se voir moche, alors il se cache.
– Possible.
On avait beau bavasser comme si de rien n'était, il faudrait bien qu'on trouve le moyen de rentrer chez nous. Nos parents

se faisaient sûrement un sang d'encre. Derrière le rideau d'arbres passait une route : on voyait avancer les phares des voitures comme des lucioles. Elles étaient loin, très loin, on n'entendait même pas les moteurs.

– Alors on y va ? a dit Stan d'une voix morne.

– Allons-y.

Je n'avais pas plus que lui envie de revenir dans le noir de la planète. Même accoutumés à l'obscurité, les yeux ne distinguaient plus rien dès qu'on arrivait au fond de la grotte, ni les murs ni le sol. Nous avons repris notre marche mains en avant, tâtant la paroi jusqu'à trouver l'embouchure du tunnel. S'enfoncer dans le noir absolu, sans savoir ni où on était ni où on allait, nous rendait fous de peur. J'entendais Stan renifler à côté de moi et, au bruit mouillé qu'il faisait, j'ai compris qu'il pleurait. Moi aussi j'avais des larmes plein les yeux et le ventre serré.

– On s'est trompés, Hugo.

– Pourquoi ?

– On n'a pas pris le bon tunnel. Celui par où on est arrivés faisait un coude, avant la grotte. Celui-là est droit.

Il avait raison. Nous nous sommes arrêtés. Ce n'était pas la peine d'aller plus loin, on ne ferait que se perdre un peu plus.

– C'est drôle, a dit Stan en reniflant, j'ai l'impression d'avoir été mangé.

– Mangé par quoi ?
– Une baleine ou un ogre. Là, on est dans son estomac.
– Ben alors normalement, au bout de l'intestin, il y a un trou.
Stan a un peu gloussé, moi aussi. Mais on n'avait pas le cœur à rire. Je revoyais le type monumental qui nous avait ouvert la porte. Il n'avait pas eu un geste pour nous rattraper. Il savait très bien qu'on allait se perdre. Il nous avait laissés nous emprisonner tout seuls.
– J'ai faim.
– C'est toi le casse-croûte. Tu as déjà vu une portion de frites réclamer à manger ?
– Arrête de renifler !
– Si je renifle, c'est que je suis toujours vivant.
– Panique pas, Stan, on va s'en sortir. La planète est habitée, on finira bien par nous retrouver.
J'essayais de le rassurer mais je n'y croyais pas moi-même : le monstre s'était bien réjoui de savoir qu'on allait se fourvoyer tout seuls. Au lieu de nous venir en aide, il attendait patiemment qu'on soit morts, comme une araignée dans sa toile guette le moment où la mouche aura fini de s'agiter. Cette idée m'anéantissait. Je pensais à mes parents. Je voyais pleurer maman, et papa sur le canapé la tête dans les mains.
– Hugo ? Écoute ! a chuchoté Stan.
J'ai tendu l'oreille. Au loin, très loin dans le

labyrinthe des boyaux, quelqu'un chantait. C'était une voix merveilleuse, aérienne, plus fragile qu'un fil, qui se glissait de couloir en couloir et courait jusqu'à nous.

– Il faut la suivre !

Nous sommes repartis pleins d'espoir. Mais les raclements de nos semelles sur le sol couvraient la voix.

– Si on quittait nos baskets ? En chaussettes on fera moins de bruit.

Nous nous sommes assis pour délacer et enlever nos chaussures. La voix nous appelait, elle nous guidait. C'était une voix amie qu'il me semblait même, par instants, reconnaître.

Stan est passé devant. Une sorte de jubilation le portait, tellement forte que sans le voir je savais qu'il souriait. Il m'a pris la main et m'a entraîné. Lorsque nous sommes arrivés au carrefour de plusieurs tunnels, il s'est dirigé sans hésiter vers celui d'où provenait la voix.

Il ne reniflait plus. Je ne me grattais plus la gorge. Un rien pouvait nous empêcher d'entendre et même le froissement de l'air à notre passage nous gênait. La voix ondulait, enflait parfois puis s'amenuisait. On l'entendait à peine alors. C'était un souffle, un murmure, un chuchotement dont chaque inflexion nous serrait le cœur. La peur de la perdre nous rendait plus attentifs que des chats à l'affût.

Ce n'était pas une chanson ordinaire, de

celle qu'on entend d'habitude avec des guitares et une batterie qui cogne. La voix se déployait toute seule. On avait l'impression de pouvoir la toucher, puis elle s'échappait. On aurait dit une voix de femme mais pas humaine ; une voix de fée qui montait si haut qu'on la sentait s'évanouir dans les lointains comme si, à elle seule, elle inventait l'espace.
Stan courait en me traînant à sa suite. Il me serrait tellement les doigts qu'il me faisait mal. Quand je trébuchais il ne ralentissait pas. Il avançait, lui, comme s'il avait flotté au-dessus du sol, tournait à droite, à gauche sans hésitation. Nous avons traversé je ne sais combien de salles, enfilé quantité de boyaux. Je ne sentais plus mes pieds.
Au détour d'un couloir, tout au bout, on a soudain aperçu la lumière. La voix était toute proche. Stan m'a lâché la main et s'est mis à courir. Je peinais à le suivre. Je l'ai rejoint au seuil de la pièce. Les fauteuils placés en demi-cercle étaient tous occupés par des spectateurs. Debout sur une scène à peine surélevée, dans le faisceau d'un projecteur, Angelica chantait.

Sa voix courait sur la peau, y levait des frissons. D'émotion, les cheveux se hérissaient sur la tête. On avait envie, d'une seconde à l'autre, de rire, de pleurer, de sourire ou de chanter avec elle. Lorsqu'elle s'est arrêtée, il n'y a pas eu d'applaudissements. Pendant de

longues minutes les spectateurs, recueillis, ont écouté le silence particulier que faisait l'absence du chant et ils se sont levés, inclinés cérémonieusement devant elle.
Puis, d'un même mouvement, ils se sont retournés vers nous comme si nous avions fait sans nous en apercevoir un bruit qui les avait alertés. Leurs regards nous clouaient sur place. Ils n'étaient pas vraiment amicaux ; pas méchants non plus.
– C'est une catastrophe, a dit quelqu'un.
– On savait bien qu'un jour ou l'autre, de toute façon… a remarqué le monstre.
– Qu'est-ce qu'on fait ?
Malgré leur inquiétude, ils se parlaient les uns aux autres sans précipitation, avec douceur.
– Je vais m'en occuper pour ce soir, a déclaré Angelica. Et de toute façon, il faut régler le problème.
Nous, le problème, on ne pipait pas mot, la gorge nouée. Leur calme, à tous, nous terrifiait. On avait l'impression d'avoir commis une bourde très grave, mais on ne voyait pas très bien laquelle. Les regards des spectateurs ne nous lâchaient pas. Combien étaient-ils ? Une trentaine ? Une cinquantaine ? Ils nous détaillaient des pieds à la tête, sans ménagement, et le même souci se lisait dans leurs yeux.
– Il me semble qu'on peut leur faire confiance, a dit Monique que je n'avais pas reconnue.

Elle n'avait plus l'air d'une grand-mère à confitures. Peut-être cette robe noire lui donnait-elle l'air plus grave qu'à l'ordinaire. Ou alors ses cheveux rassemblés en chignon la faisaient paraître plus grande. Ou bien c'était la manière dont les autres l'écoutaient avec respect.

– Tu as sans doute raison, a répondu Angelica. Je vais d'abord les ramener là-haut et quand je reviendrai, on prendra une décision.

Elle a traversé la foule jusqu'à nous et pressé un interrupteur. Le couloir s'est éclairé, elle nous a poussés devant elle, gentiment mais fermement. Nous marchions sans parler. Monique ne nous avait pas dit bonsoir, et Angelica ne semblait pas ravie d'avoir retrouvé deux de ses anciens élèves. Elle a ouvert un battant métallique qui donnait sur des escaliers en colimaçon taillés dans la pierre. Nous avons descendu la hauteur de plusieurs étages, deux ou trois peut-être, jusqu'à une sorte de parking où étaient rangées une demi-douzaine de voitures, pas plus.

Angelica nous a fait monter dans l'une d'elles. Les portières n'étaient pas fermées et les clés pendaient sous le volant. Les phares, en s'allumant, ont déclenché l'ouverture d'une porte basculante, comme dans n'importe quel garage. Dès que nous avons été dehors, Angelica nous a demandé nos numéros de téléphone. Elle s'est arrêtée devant la première cabine et a laissé sa portière puis la porte vitrée ouvertes, sans doute pour qu'on puisse entendre ce qu'elle allait dire. Elle a d'abord parlé aux parents de Stan. Nous avions du mal à suivre exactement la conversation mais une chose était indiscutable : Angelica mentait.

Elle a répété le même mensonge à mes parents, en leur recommandant de ne pas s'inquiéter, qu'elle nous ramenait très vite. Puis elle a reposé son téléphone et s'est tournée vers nous :

– Vous avez bien compris ?

– Mais… tu leur as menti !

– Oui. Et vous allez faire comme moi.

– Jamais, a rétorqué Stan. Moi je ne mens jamais à mes parents et…

Angelica ne lui a pas laissé le temps de poursuivre.

– Menteur. Je me suis laissé dire que vous aviez passé la journée d'hier chez Lili ?

– Comment tu le sais ?

– Toi, tu sais déjà beaucoup trop de choses. Ce n'est pas la peine que tu en apprennes plus. Vous allez donc dire à vos parents que vous vous êtes perdus dans le bois derrière les pistes en voulant descendre à la rivière, compris ? C'est là que je vous ai retrouvés. Je vous ai ramenés chez moi et je les ai appelés. O.K. ? Pas un mot de plus. Rien de ce que vous avez découvert. C'est un secret absolu. Si vous

vous tenez bien, vous pourrez peut-être revenir.

– Et si on dit tout ? a demandé Stan.

– Vous nous condamnez à partir. La plupart des gens que vous avez vus en bas travaillent par ici. Vous les obligez à perdre leur emploi et à quitter leur maison. Que penseriez-vous de quelqu'un qui vous obligerait à fuir tout ce que vous aimez ?

– Mais... a encore dit Stan.

– Mais rien, a répondu Angelica, toujours très calme. Vous faites très exactement ce que je vous dis.

Nous arrivions en vue de nos maisons. Mes parents étaient avec ceux de Stan, dans le salon, tous quatre rassemblés derrière la porte-fenêtre. Angelica est descendue avec nous, a expliqué en détail ce qu'elle avait rapidement dit au téléphone. Peut-être voulait-elle nous éviter d'avoir à mentir. D'ailleurs nos parents étaient tellement soulagés qu'ils ont posé peu de questions. Lorsque Angelica est partie, nos mères nous ont installés à table et nous avons mangé comme des ogres. J'ai glissé à l'oreille de Stan :

– Elles ont faim, tes frites ?

Il s'est étranglé de rire et sa mère l'a regardé bizarrement, comme si elle avait du mal à reconnaître son fils. Comme il était plus que temps d'aller se coucher, vu qu'on avait école le lendemain, elle s'est contentée de dire, en fronçant les sourcils :

– Allez, finissez vite et au lit.
– Est-ce que je peux coucher chez Stan, ce soir ?
– Écoute, Hugo, tu ne crois pas que vous nous avez fait assez d'ennuis pour aujourd'hui ?
– Oui, mais je vais avoir peur de dormir tout seul.
– Moi aussi, a dit Stan.
– Bon, bon ! a soupiré maman, excédée.

On ne pouvait pas dormir. On est restés tous les deux allongés sur le dos, chacun dans son lit, côte à côte. Ce n'était pas de coucher dans la chambre de Stan qui m'empêchait de trouver le sommeil. Il nous arrivait tellement souvent de rester l'un chez l'autre pour la nuit que les parents nous avaient acheté à chacun un lit d'appoint, dans les deux maisons.
Je ne pouvais pas m'empêcher de penser à ce que nous avions découvert dans la planète intérieure. Qui étaient tous ces gens ? Quand Monique nous avait raconté son histoire, on avait eu l'impression qu'elle était arrivée là toute seule et un peu par hasard. En réalité, les habitants étaient nombreux et installés depuis très longtemps, au point d'avoir l'électricité, un parking, une salle de concert…
En bas, dans la salle à manger, nos parents dînaient et parlaient fort. Le fracas des avions déchirait la nuit.

– Zut et zut ! Quel boucan ! a bougonné Stan en se retournant vers moi.
– Je me demande si je vais me réhabituer.
– Faudra bien. J'ai l'impression qu'ils ne veulent plus de nous dans leur planète.
– Tu crois ? Même si on garde le secret ?
– Ils n'ont pas confiance.
– On pourrait demander à Monique.
– Hum, hum, a grogné Stan. On dort, maintenant.

Je n'ai pas compris avant le lendemain ce que signifiait le "hum, hum" de Stan. Dès quatre heures et demie, après l'école, nous avons sauté sur nos vélos et foncé au terrain vague. Nous avons cherché la dalle parmi les herbes. Pourtant on connaissait bien son emplacement. On a arpenté le carré de terre pendant des heures, à quatre pattes, en nous éloignant progressivement de l'endroit où nous étions sûrs de l'avoir vue et ouverte, les premières fois.
La dalle avait disparu.

7

À LA RECHERCHE DU MONDE PERDU

Pendant des semaines, nous avons je crois tout essayé pour retrouver la planète intérieure. Plusieurs fois, nous avons fouillé de long en large le terrain vague sans jamais rien trouver, même pas une trace dans l'herbe ou un morceau de terre remuée. Nous avons demandé à papa de nous emmener à la pêche, mais au mois de novembre, la pêche est fermée.

– Ça ne fait rien papa, on peut aller au bord de l'eau, quand même !

– Et pour quoi faire ? Vous ne voulez pas vous baigner, j'imagine !

Il faisait un temps de chien. La pluie battait les vitres à longueur de jours.

– On s'ennuie. On a envie de se promener.

Il a fini par céder, un dimanche après-midi.

Un vent glacé transperçait les parkas et nous gelait de la tête aux pieds, mais pour rien au monde nous n'aurions rebroussé chemin. Pendant des kilomètres nous avons marché au bord de la Riousse en scrutant la falaise.

– Qu'est-ce que vous cherchez, les garçons ? a fini par demander mon père.

– Rien du tout.

– À d'autres ! Ce n'est pas par là que votre ancienne maîtresse vous a récupérés ?

– Non non ! a dit Stan précipitamment. C'était bien plus haut !

– Plus haut ?

– Ou alors plus loin. Tu sais, on ne savait plus où on était. De toute façon, on n'est pas descendus jusqu'à la rivière. On s'est perdus dans le bois du haut, celui qui borde le terrain à côté des pistes.

– Bizarre… Il est tout juste grand comme la maison.

On a continué à se promener, les mains dans les poches, nez au vent. Pourtant, ça ne devait pas être si difficile à repérer, une porte de parking dans une falaise ! Mais il nous était difficile de jeter plus qu'un coup d'œil de temps en temps, pour ne pas attirer l'attention de papa, et du coup nous n'avons rien trouvé.

On ne jouait plus à l'espace, avec les autres. En arrivant à la maison, j'arrêtais la télé allumée dans le salon vide alors que maman dans la cuisine avait mis la radio à fond. On souffrait du bruit, Stan et moi. On cherchait le silence mais il n'existait aucun endroit où s'abriter, hormis la planète intérieure. On parlait souvent d'Angelica et de Monique. On inventait des plans pour les retrouver : surveiller les supermarchés – elles allaient bien faire leurs courses, de temps en temps ? –, demander l'adresse d'Angelica au directeur. Mais rien ne marchait : il aurait fallu faire le guet à l'entrée de tous les supermarchés du coin pendant des jours entiers ; et le directeur ne gardait pas l'adresse des maîtres qui ne travaillaient plus dans son école.

Cette planète où nous avions eu si peur était maintenant notre paradis perdu. Stan se demandait si nous n'avions pas rêvé, tous les deux, si cela avait vraiment existé, si nous n'avions pas tout bonnement inventé Monique et le monstre, imaginé pour nous consoler que nous avions retrouvé Angelica.

– C'est impossible !

– Pourquoi ?

– On ne peut pas inventer le silence quand on ne le connaît pas.

Stan haussait les épaules, pas convaincu.

Le temps passait : fin novembre, début décembre... Noël approchait. Stan avait commandé un casque pour pouvoir écouter de la musique sans être gêné par le boucan des avions et des quantités de disques.

Moi, je ne savais pas quoi demander. J'avais bien envie de quelque chose, mais pas de jouets : j'aurais voulu voyager, prendre l'avion, partir. Et pas avec mes parents : tout seul. Ou alors avec Stan. C'est ce que je regrettais le plus, de notre aventure dans la planète intérieure : l'aventure, la trouille, la découverte.

À dix ans, difficile de demander à ses parents un billet d'avion pour l'Amérique du Sud ! D'ailleurs, ce n'était peut-être qu'un rêve. Quand j'en ai parlé à Stan, il a été catégorique :

– Tu feras ça sans moi. Moi, je suis encore trop petit, je n'aimerais pas partir sans papa et maman.

Il avait peut-être raison. Je ne savais plus. Je regardais monter les avions, les doigts enfoncés dans les oreilles, et quand ils disparaissaient dans la couverture de nuages, les larmes me montaient aux yeux.

On est arrivés comme ça aux vacances de Noël, un peu tristes, un peu perdus. Le jour de la sortie, tout le monde était horriblement énervé. Stan et moi on se sentait ballottés parmi les hurlements comme les feuilles mortes dans la Riousse en crue. Les élèves s'écrasaient en paquets contre les portes et les maîtres soufflaient dans leurs sifflets à roulettes. On a attendu que passe la bousculade pour franchir les grilles.

Sur le trottoir en face, une femme attendait.

– Monique !
On n'a même pas pris le temps de contourner les barrières de protection. On a sauté par-dessus. On a traversé au nez d'une voiture (heureusement, les conducteurs roulent au pas, dans la rue de l'école). Et on s'est jetés dans ses bras.
Elle ne disait rien. Elle nous embrassait. On l'embrassait. Elle nous serrait contre elle comme une maman qu'on aurait perdue.
On s'est essuyé les yeux. Elle a sorti un petit mouchoir bleu et s'est tamponné les paupières.
– Tu nous emmènes, Monique ? On n'en peut plus d'être ici.
– Chut.
Elle a posé un doigt sur sa bouche et, avec un sourire, nous a montré une voiture contre le trottoir.
– Montez.
On ne se l'est pas fait répéter. On s'est engouffrés sur le siège. Monique a démarré, quitté la rue de l'école, le quartier, contourné l'aéroport.
– On ne peut pas prendre le risque d'être découverts et délogés, mes petits. C'est pour cette raison que nous vous avons mis à l'épreuve. Nous savons que vous n'avez rien dit…
– Mais comment ?
– Sinon nous aurions eu de la visite… Et nous avons maintenant décidé de vous faire confiance.

– Vous pouvez. Jamais on ne dira rien.
– Ce n'est pas si facile, de tenir sa langue.
Elle a quitté la route pour un chemin de terre qui s'engageait dans la forêt.
– Jamais on ne pourra se retrouver, Monique ! C'est bien trop loin de chez nous.
– Ne t'impatiente pas, Hugo. Je vais te montrer…
Devant la voiture se dressait un mur. Monique a fait deux appels de phares et le bloc de pierre a basculé.
– Là c'est le garage, vous connaissez déjà.
Nous sommes descendus de voiture.
– Tu oublies tes clés, Monique.
– Non. Je les laisse. Ici, on ne craint pas les vols. Montez cet escalier.
Elle a allumé la lumière et nous avons commencé l'ascension. Qu'est-ce que c'était long ! J'avais l'impression de grimper dans un phare. Nous étions déjà passés à côté de plusieurs portes fermées.
– Continuez ! avait dit Monique.
Enfin, tout en haut, Stan a poussé le battant : l'escalier se terminait là.
– Ça alors !
On débouchait dans le salon d'une maison. Je me suis approché de la fenêtre :
– C'est la rue de Lili ! C'est chez elle, ici ?
– La maison voisine, a précisé Monique. Pour venir nous voir, vous passerez par là. Nous avons été obligés de supprimer le passage que vous avez découvert. Il vous suf-

fira de faire le code : A 58. Vous vous souviendrez ?
– Évidemment. A 58.
– Chut ! Vous pouvez rentrer chez vous à pied ou il faut que je vous raccompagne ?
– C'est loin, chez nous, a dit Stan.
– Mais on peut se débrouiller…
– Tant mieux. Je vous invite à notre fête, demain. Vous préviendrez vos parents que vous êtes chez Angelica pour la journée.
– C'est chez Angelica, ici ?
– Oui, en quelque sorte, a répondu Monique en nous raccompagnant à l'entrée. Et surtout : motus !
– Croix de bois, croix de fer !
– Juré, craché !
– Pas sur le carrelage, s'il te plaît ! À demain mes petits.
Et nous nous sommes retrouvés soudain dans la rue de Lili. Il faisait un froid terrible mais on ne sentait rien. On s'est mis à courir comme des fous, sur le trajet du retour. Il y avait longtemps qu'on ne s'était pas sentis aussi légers.

8

LES 131 MARCHES

Les parents nous ont accordé la permission du bout des lèvres. Ils n'étaient pas tranquilles et posaient cent questions mais ils ont fini par céder.

– Bon. Vous nous téléphonez dès que vous êtes arrivés.

– Promis. On n'est plus des gosses !

– C'est à voir, a bougonné mon père. Réussir à se perdre dans un bois grand comme une salle à manger, il faut le faire !

– Angelica habite juste à côté de chez Lili. On y est allés des tas de fois.

– À ce soir alors. Et n'oubliez pas…

– De téléphoner, oui. Salut !

– Qu'est-ce qu'ils sont collants, quand même, a ronchonné Stan en enfourchant son vélo.

Il pédalait tellement vite que j'avais du mal à le suivre. C'est lui qui a fait le code à la porte de la maison : je crois qu'il bouillait d'impatience à l'idée de retrouver Angelica. Sans doute s'était-il imaginé qu'elle allait nous accueillir. Mais après un grésillement, la porte s'est déverrouillée toute seule. Personne ne nous attendait.

On s'est regardés, étonnés. J'ai soigneusement refermé derrière nous en jetant un coup d'œil dans la rue. Elle était déserte ; on n'avait pas pu nous voir entrer. Intimidés, nous avons traversé le salon et poussé le battant qui donnait sur l'escalier. Il était éclairé.

– Qu'est-ce que tu comptes comme ça, Hugo ?

– Les marches… 122, 123…

– À quoi ça te sert ?

– Ben… à me repérer, tiens.

– Grand explorateur… a ricané Stan.

– 130, 131… C'est incroyable ce qu'il est profond ! Chez moi il y a trente-deux marches entre le rez-de-chaussée et le premier. Ça veut dire qu'on a fait presque cinq étages !

– Mais c'est ici qu'on descend ! a annoncé une grosse voix de chef de gare.

Une silhouette colossale s'encadrait dans le chambranle éclairé : c'était le monstre !

– Aaahhh !!!!

Nous avions hurlé tous les deux et bondi en arrière pour nous plaquer contre la paroi.

– Je vous fais peur à ce point-là ? a demandé le monstre en fronçant les sourcils.

Les deux balayettes se rejoignaient au milieu de son front et se retroussaient comme des cornes de chèvre, d'une manière si comique que je n'ai pas pu m'empêcher de pouffer. Le colosse m'a regardé de travers.

– Je comprendrai jamais rien aux gosses. Bon, entrez. Salut. Bienvenue chez nous. Moi c'est Francis. Francis Le Hardi.

– Hugo.

Il m'a serré la main dans sa grosse pogne et j'ai cru qu'il m'avait écrasé tous les doigts.

– Stan, a dit Stan en tendant la main à son tour.

Dans la seconde suivante, il est devenu cramoisi.

– J'ai peut-être serré un peu fort ? a demandé Francis d'un air faussement ennuyé.

Et Stan a fait une tête tellement piteuse que j'ai éclaté de rire.

– Tu as de l'humour, toi au moins, a remarqué le colosse en me balançant dans le dos une claque à décoller les poumons.

Finalement, il ne paraissait pas si terrible et même, au fond, plutôt drôle. Il nous a emmenés chez lui. Pour le mobilier, son appartement ressemblait beaucoup à celui de Monique : un lit, une table, une armoire. Mais il y avait des bouquins partout, dans des cageots, sur des étagères, en

pile le long des murs, éparpillés par terre…
– Tu as des problèmes avec le ménage, on dirait.
– Si ça te dérange, mon cher Hugo, tu peux toujours me les classer par ordre alphabétique.
– D'accord. Tu veux les A dans quel coin ?
– Je disais ça pour rire. Tu ne vas pas t'embêter avec…
– Ça ne m'embête pas du tout.
J'ai ramassé trois livres qui traînaient dans l'entrée, d'autres en équilibre sur une chaise et qui menaçaient de tomber. Il y en avait des gros et des minces, des gris, des jaunes, des crème et des colorés. Des vieux et des neufs. Des durs et des mous. Des qui s'ouvraient sans peine et d'autres qui se refermaient tout seuls. Je n'en avais jamais vu autant. Je ne connaissais aucun nom d'auteur, sauf Queneau, Raymond, à cause de *Zazie dans le métro*. J'avais vu le film. Le livre, lui, commençait par : "Doukipudonktan ?" Incroyable. J'ai oublié le classement par ordre alphabétique. Quand j'ai relevé la tête, Zazie essayait de se faire offrir des frites et des bloudjinzes par un vieux moche, et le monstre me tapait sur l'épaule :
– Tu connais ça ?
Il me tendait un autre livre, avec une tête de loup écumante dessinée sur la couverture. En dehors de l'école, je n'avais jamais ouvert un livre que je ne connaissais pas

d'avance, soit parce que j'avais vu le film, soit parce qu'on m'avait raconté l'histoire. Je suis entré dans les pages comme si je découvrais un pays étranger. Et petit à petit, dans le silence de la planète intérieure, je me suis mis à entendre une musique : le vent balayait les étendues de neige, les glaces craquaient, les chiens aboyaient, la tempête mugissait entre les troncs déchiquetés des forêts, le blizzard chargé de cristaux crépitait sur les planches des cabanes. J'aurais reconnu entre mille la voix qui racontait l'histoire, comme celle d'un ami. J'avais froid dans la neige, le ventre serré quand les loups approchaient. Je souffrais avec les trappeurs. Je vivais avec eux. Pourtant ça a l'air mort à première vue, un livre.

Francis, plusieurs fois, est venu me dire :

– Et celui-là, tu connais ?

– Pas encore. Pose-le à côté de moi.

C'était comme la faim. J'avais envie de lire comme j'avais eu quelquefois envie de manger tout ce qu'il y avait dans le frigo, ou de prendre tous les avions de l'aéroport.

– Eh, fiston. Faudrait y aller maintenant. Ils nous attendent pour la fête.

J'ai levé la tête. Qui c'était celui-là, le colosse ? Je le reconnaissais mais j'avais oublié son nom. Tous les personnages du livre dansaient devant mes yeux. J'ai fini par me souvenir.

– Ah ! Francis.

– Ben oui mon vieux. Je m'appelle Francis. Et toi ?

Ses yeux brillaient. Il n'avait plus l'air méchant du tout. Il n'avait pas l'air non plus d'un homme qui ne comprend rien aux gosses. Il avait l'air tout bonnement heureux.

– On y va fiston ?

Sur la chaise à côté de moi, il y avait bien dix bouquins empilés.

– Je pourrai revenir chez toi pour les lire ?

– Autant que tu veux.

Nous sommes sortis dans le couloir. On entendait rire et chanter. Les tunnels étaient décorés de guirlandes, de bougies tremblantes, de boules de couleur qui retenaient les plis d'une étoffe argentée masquant la pierre. J'étais transporté. J'avançais dans un château de rêve, un palais de fées. La salle où tous les habitants de la planète s'étaient rassemblés avait été tendue de velours vert. Quantité de gâteaux trônaient sur les tables rondes. Des couples dansaient. D'autres bavardaient. Un homme maigre et brun jouait de l'accordéon. Stan et Angelica faisaient des bulles avec une pipette. J'ai brusquement pensé aux parents :

– Stan ! On a oublié de téléphoner !

– Heureusement que je suis là, hein ? J'ai appelé.

Il riait, les joues cramoisies. Angelica s'est mise à chanter des chansons que tout le monde connaissait, des vieilles complaintes que ma mère m'avait apprises, d'autres dont je ne savais que le refrain. Francis, avec ses allures de gros ours, faisait des farces aux uns et aux autres. Il ne se passait rien d'extraordinaire, simplement tout le monde était content d'être là, avec les autres, de raconter des blagues et de faire la fête, de danser et de chanter. Je les regardais tous et j'essayais de me rappeler leur nom, Claudine et son sourire si doux, Jean avec un mot gentil pour chacun, Chris avec son appareil photo vissé sur l'œil, Manolo et son accordéon, Annie et son rire en cascade, Nico avec ses ongles noirs et ses doigts pleins de peinture, Paul qui racontait des histoires à n'en plus finir, François et sa casquette…

Ils étaient trop nombreux pour que je puisse apprendre tous leurs noms dès le premier soir. Monique a posé son bras sur mon épaule et m'a demandé à l'oreille :

– Ça va ?

– Très bien. Il y a longtemps que vous habitez la planète ?

– Depuis toujours.

– Mais tu nous as dit…

– On ne raconte pas ses secrets à ceux qui ne savent pas se taire.

– Comment tu les reconnais ?

– Ce sont les mêmes que ceux qui ne savent pas écouter.

– Et Angelica, elle habite ici depuis toujours ?

– C'est ma fille.

– Tu nous as complètement menti alors ? Les Américains, et tout…

– La Riousse a creusé les galeries. Elles sont habitées depuis la nuit des temps. Mais c'est vrai que les Américains les ont aménagées pendant la guerre. Ils ont mis du béton un peu partout, creusé des escaliers et des salles pour y loger les munitions, installé l'électricité.

– C'est drôle de préférer une grotte à une maison.

– Il y a toujours eu des gens qui aiment vivre à l'écart du monde.

– Pourquoi ?

– Ça dépend des époques. Les hommes là-haut se choisissent des rois, des empereurs, des présidents, des modes… Ceux qui, les uns après les autres, viennent habiter ici, ont envie d'autre chose. Certains ont fui les tyrans. Nous, on a fui le bruit et on vit ici autrement que là-haut. Comme ce soir, par exemple.

– On fait aussi la fête sur terre.

– Sans doute. Mais il y a fête et fête…

J'avais du mal à comprendre ce que m'expliquait Monique. Déjà il fallait repartir, rentrer à la maison, retrouver le grondement des avions qui nous défonçait la cervelle.

Dès le lendemain nous avons composé A 58 à la porte de la maison d'Angelica, qui ressemblait en tous points à celle de Lili sauf qu'elle était vide : personne n'y vivait, elle servait seulement de passage, de boîte aux lettres et de cabine téléphonique. Nous avons descendu ensemble l'escalier et nous nous sommes séparés. J'allais chez Francis ; Stan chez Angelica. Nous avions déjà nos habitudes. Nous nous sommes tous retrouvés chez Monique dans l'après-midi. Elle cousait encore une robe qui ressemblait plus à une sculpture de tissu qu'à un vêtement. Sur le corsage, Nico peignait deux seins.

– C'est idiot, a remarqué Stan. Il vaut mieux enlever le corsage.

– Un sein peint n'est pas un sapin, a dit Nico.

– Et un pin saint ne fait pas le pinceau, a ajouté Francis.

– Ils sont tous fous là-dedans, a remarqué Stan.

– Si tu nous préparais le chocolat ? a dit Monique.

On s'est habitués à eux, petit à petit. Ceux de la planète intérieure ne ressemblaient tellement pas à ceux du dessus que je serais incapable de faire la liste des différences. Et au fond, pour nous, ça n'avait pas une grande importance. Ils n'étaient pas comme les autres mais on se sentait bien avec eux. Ils n'avaient ni la radio ni la télé. Ils ne parlaient ni d'impôts, ni de promotion, ni du temps, ni du loto, ni de leur boulot. Ils ne nous demandaient pas si on réussissait bien à l'école – mais Angelica faisait des scènes à Stan pour qu'il applique l'orthographe. Ils ne se seraient pas rongé les poings comme nos parents pour payer les traites d'une maison – d'ailleurs ils avaient choisi de ne pas en avoir. Ils se débrouillaient entre eux. Quand une voiture tombait en panne, ils n'en faisaient pas un fromage : il y avait deux ou trois bricoleurs sur la planète qui s'y connaissaient assez pour réparer. Petit à petit, on a compris que l'argent n'avait strictement aucune importance pour eux, ni les meubles, ni les vêtements, ni les voitures. Ceux qui en gagnaient le partageaient avec les autres et quand ils n'en gagnaient plus, d'autres en avaient pour eux. Ils vivaient de pas grand-chose. Le plus important était de pouvoir acheter la peinture, le tissu, les stylos, les partitions, les gommes et la pellicule.

C'était un drôle de monde, celui de la planète intérieure. Francis, qui est un puits de science, m'a raconté un jour que les sociétés comme la leur ont toujours existé et existeront toujours, dispersées sur toute la surface du globe. Elles ne se cachent pas forcément sous terre. Il y en a dans les montagnes, dans les îles, dans les marais, dans les déserts, dans les jungles, sur les hauts plateaux… Partout et dans tous les pays.

– Il y a toujours eu des récalcitrants, a-t-il dit pour conclure.

– Moi, je ne suis pas récalcitrant. J'aime bien le dessus, aussi, avec mes parents, la terre, les arbres et les rivières, les saisons…
– Il y a toujours eu des ponts entre les mondes. Sinon, nous serions tous morts dans l'ignorance.
Francis, comme beaucoup de ceux qui vivaient dans la planète intérieure, aimait parler par énigme. Il me fallait parfois des semaines pour comprendre une remarque de l'un ou l'autre, et ce n'était pas la peine de compter sur eux pour expliquer.
– Alors je suis un pont ?
– C'est une belle ambition.
Si j'ai souffert de quelque chose, pendant toutes ces années où Stan et moi nous avons été les hôtes de la planète intérieure, c'est sans doute de la difficulté d'être un pont. Je me souviens d'une conversation que nous avons surprise, entre maman et la mère de Stan.
– Ils ont changé, nos garçons.
– Ils sont plus calmes mais je me demande ce que ça nous réserve.
– J'ai peur que ce soit déjà la crise de l'adolescence.
– Eh bien on n'a pas fini d'en voir…
– … des vertes et des pas mûres.
Stan et moi nous avons haussé les épaules – pourtant, nous aurions été tellement heureux de pouvoir leur expliquer ! – et nous sommes redescendus dans la planète intérieure. Stan emportait son harmonica :

Angelica lui apprenait la musique. Moi je voulais lire à Monique *Vingt mille lieues sous les mers*.

TABLE

Conception graphique,
direction artistique et réalisation :
Studio de création
de Repères Communication

Reproduit et achevé d'imprimer
en avril 1998
par l'Imprimerie Floch
à Mayenne
sur papier des
Papeteries de Jeand'heurs
pour le compte des éditions
ACTES SUD
Le Méjan
Place Nina-Berberova
13200 Arles

Dépôt légal
1re édition : mai 1998
N° impr. 43751
(Imprimé en France)